诵读
SONGDU
MENGGUXUE JINGDIAN

蒙古学经典

— 刘春子 / 编著 —

内蒙古人民出版社

图书在版编目(CIP)数据

诵读·蒙古学经典.1/刘春子编著.－－呼和浩特：内蒙古人民出版社，2020.11

ISBN 978-7-204-16426-4

Ⅰ.①诵⋯ Ⅱ.①刘⋯ Ⅲ.①蒙古族－少数民族文学－作品综合集－中国 Ⅳ.①I291.2

中国版本图书馆CIP数据核字(2020)第178622号

诵读·蒙古学经典·1

作　　　者	刘春子
策 划 编 辑	贾睿茹
责 任 编 辑	陈宇琪
封 面 设 计	宋双成
封 面 插 画	孙　强
内 文 插 画	杨乌日嘎　王　焱　陈利鑫
出 版 发 行	内蒙古人民出版社
地　　　址	呼和浩特市新城区中山东路8号波士名人国际B座5楼
印　　　刷	内蒙古爱信达教育印务有限责任公司
开　　　本	787mm×1092mm 1/16
印　　　张	6
字　　　数	90千
版　　　次	2020年11月第1版
印　　　次	2020年11月第1次印刷
印　　　数	1—2000册
书　　　号	ISBN 978-7-204-16426-4
定　　　价	26.00元

如发现印装质量问题，请与我社联系。联系电话：(0471)3946120
网址：http://www.impph.com

序

中华文化源远流长、历久不衰，在世界文化中独树一帜。造就这种独特而伟大的文化发展现象的原因之一，就在于它多元一体、和而不同的内在建构。在这个内在建构中，作为草原文化的重要组成部分——蒙古族文化是其不断演进、发展的重要动力源泉之一。

在长达千年的历史长河中，这个被称为"马背上的民族"创造了并至今还在创造着光耀千古、气势恢宏的历史文化，源源不断地将一个民族的伟大精神以璀璨绚丽的音乐、舞蹈、绘画、科技、军事、哲学思考、文艺作品、历史典籍等形式投射到长生天不朽的时空幕布上，直至凝铸成中华文化之星座，汇聚成世界文化之星系。

蒙古民族曾以美丽的牧歌走向世界，以恢宏的征战走向世界，以难以企及的国家版图走向世界，更以浩如烟海的历史文化艺术典籍走向世界！

荟萃草原文化精华的《成吉思汗箴言》与《论语》同为闪烁着哲人智慧光芒的人类宝贵的精神财富。

《格萨尔王》《江格尔》等草原民族的英雄史诗是蒙古民族重要的精神图腾，是"一个民族精神标本的展览馆"，将"处于英雄时代具有原始新鲜活力的全部民族精神都可以表现出来",为我国在世界史诗领域赢得了崇高的地位。

被誉为"草原《史记》"的《蒙古秘史》将神话传说、英雄史诗、祝词、赞词、民歌等诸种传统的民族文学体裁有机地融合在对历史的记述之中,创造了历史文学体裁的新形式。

作为草原民族法典代表作的《大札撒》则是一座里程碑,引导蒙古民族跨入法治社会。在世界法制史上,它与中原农耕民族的法典代表作《大秦律》、欧洲的《罗马十二铜表法》、古代巴比伦的《汉谟拉比法典》一样,都代表了人类法制建设划时代的历史跨越……

蒙古族世界级的经典又何止于此!

文化兴则国运兴,文化强则民族强。夺取新时代中国特色社会主义伟大胜利,实现民族伟大复兴,必须坚定文化自信,大力继承与发扬灿烂的民族文化。草原文化从来不是一个封闭的系统,它具有强烈的开放性、包容性与接纳性。它鲜艳,鲜活,虽发端遥远,却历久弥新。它的文化精神内核可简要归纳为:质朴天然、本性纯真,奋发进取、自强不息,自由开放、热爱自然,尊信重义、崇尚英雄等。以上特质与当今的时代精神和全球背景下的人文价值诉求高度契合,是拈来即可应用的人类文化瑰宝。

2019年8月16日,习近平总书记在内蒙古大学考察时,仔细察看了蒙古族的经典馆藏,听取了关于蒙古族历史文化的讲述。这充分体现了总书记对民族文化和民族教育的重视。习总书记曾讲："年轻人是实现第二个百年奋斗目标的骨干和栋梁。"因此，对我区青少年学生的民族教育要从小抓起，使其循序渐进地接触、了解蒙古学的知识，形成正确的世界观、人生观、价值观。当今，有关国学经典诵读的著述早已数不胜数，而蒙古学经典读物尚属凤毛麟角，即使有，也略显简单化、平面化，远不能体现作为经典的巨大教化作用。

基于此，我们编纂了这部《诵读·蒙古学经典》丛书。这套书以社会主义核心价值观的"富强、民主、文明、和谐，自由、平等、公正、法治，爱国、敬业、诚信、友善"十二项内容为基本精神遵循，又细化为多个人类优秀品格、素质、规范等，再从浩瀚的蒙古学经典著作中遴选、整理与以上原则相对应的，适合青少年诵读学习的箴言、谚语、史料、律条、神话传说、历史故事等作为文本内容，系统涵盖了智育、德育、美育等教育范畴，以及政治、经济、文化、科学、军事、伦理、艺术、生态、教育等多个领域。延伸阅读部分又辅之以大量传统国学经典与之相呼应，凸显了草原文化是中华文化不可分割的一部分，是与中原文化长期碰撞、交流、吸收、融合的结果。这套书按年级从低到高共分6部，主题鲜明，内容翔实，形式多样，文字生动，是少年儿童学习民族文化的理想阶梯，奠定道德精神大厦的坚固基石。

春风大雅能容物，秋水文章不染尘。经典，传承千年而精神不老，流传亘古而馨香益醇。读经典是一个励志、炼心、启智、铸魂的历程。在此中，积累的是语言，培养的是灵性，造就的是智慧，升华的是品质。

学习，继承，发扬，我们义不容辞；诵读，品味，感悟，我们不亦乐乎！

编者

2020 年 8 月

目录

 **第一单元 惜光阴**

1. 爱时间　2

2. 爱学习　5

3. 爱努力　8

4. 爱奋进　12

5. 守时　15

 **第二单元 重礼仪**

1. 守纪律　20

2. 尊师长　23

3. 讲礼貌　26

4. 慎择友　29

Contents

第三单元 敬业

1. 处世之道   33
2. 时刻警醒   37
3. 爱岗敬业   40
4. 团队精神   43
5. 坚持原则   46

第四单元 爱勤俭

1. 勤劳勇敢   50
2. 吃苦耐劳   53
3. 苦尽甘来   56
4. 坚持节俭   60
5. 艰苦奋斗   63

目录

第五单元 错则改

1. 思过　68

2. 虚心　71

3. 知错　75

4. 自省　78

5. 见贤思齐　81

后记　85

第一单元

惜光阴

　　小朋友，时间是有脚的。当你早晨洗手的时候，时间顺着手指缝欢快地溜走了；当你中午吃饭的时候，时间从筷子中间一粒粒地消失了；傍晚，当你挥手和太阳再见的时候，时间也就撒着欢儿去了山的那一边。时间飞逝，一去不复返。让我们在今天珍惜时间，努力学好科学文化知识，将来为祖国的繁荣富强贡献自己的力量。

1. 爱时间

珍宝失掉了，可以再买到；
时间失掉了，永远找不到。

（选自《蒙古族谚语》）

时间能获得黄金，黄金却难买光阴。

（选自《蒙古族谚语》）

导读

大雪可以封盖山岭,年龄能够压倒青春。时间就像河水一样,哗啦啦流向远方,却从来不会倒流。所以,我们要利用有限的一生,去学习知识。怎么珍惜时间都不够,又怎么能让它在无所事事中浪费掉呢?

延伸阅读

成吉思汗小时候被泰赤乌人抓走,他的脖子上套着沉重的木枷,被禁在部落里,随时都有危险。有一天晚上,成吉思汗趁看守不备,用木枷打倒看守,逃了出去。当他躺在冰冷的河水中躲避泰赤乌人的搜捕时,有个叫锁儿罕失剌的泰赤乌人反而帮助他逃脱了追捕,并且给他一匹马,并煮熟了一只肥美的羊羔给他,又给了他背壶、皮桶、一张弓、两只箭,但没有给他马鞍和火镰。作为一个饱经风霜、处事谨慎的中年人,锁儿罕失剌没有给他准备马鞍是怕鞍子被认出而受牵连;没有给他火镰是让他日夜兼程赶快逃回家去,不要中途用火镰取火用餐而耽搁时间;给他一张弓、两只箭是让他在途中遇到险情时可用来防身。

2. 爱学习

太阳出来，万物清新；
阅读书报，头脑清新。

（选自《蒙古族谚语》）

富强

导读

蒙古族起初"并无文书","或约之已言,或刻木为契"。1204年,当成吉思汗得知俘获的乃蛮部掌印官塔塔统阿"深知本国文字"时,"遂命教太子诸王以畏兀(维吾尔)字书国言"。从此,蒙古族开始有了回鹘式蒙古文。其后,经过长期的发展变化,即成为现在通用的蒙古文字。这对蒙古文化的提高和政令的推行,以及社会各方面的发展均起到了促进作用。

延伸阅读

1206年,大蒙古国建立后,在蒙古人的历史上,曾发生过两件大事:其一是西征中亚、东欧,其二是南下征伐金、西夏。这两件事对蒙古民族的传统文化产生了不可估量的影响。西征和南下,使蒙古人开阔了眼界,广泛接触和吸收了东西方各民族的文化。例如,西征中,蒙古军队俘获了大批中亚工匠,并将他们带回蒙古高原。随着这些人的到来,一些中亚伊斯兰文明也相继传入蒙古地区,使蒙古文化增添了新的内容。

3. 爱努力

成吉思汗教导蒙古各部民众说:
"不因路远而不走,
只要走就能走到;
不因物重而不搬;
只要搬就能搬动;
不因山高而不攀,

只要攀就能攀上去；
不因河宽而不渡，
只要渡就能渡过去。
箭头虽然很锋利，
没有翎毛射不远；
人虽然生得很聪明，
不学习就没智慧。
勿以金银珠宝装饰自己，
要以道德才干充实自己。"

（选自《蒙古族历代诗词选》）

导读

　　11—12世纪，蒙古高原上各部落林立，互相争斗不止。蒙古部、克烈部、蔑儿乞部、塔塔儿部、弘吉剌部、乃蛮部等都是当时比较强大的部落。蒙古高原的众多部落长期相互抢掠、混战不断，这是蒙古草原最灰暗的时代。那时"星天旋转，诸国争战……没有逃避的地方，只有冲锋打仗；没有平安幸福，只有互相杀伐。"

（摘自《蒙古秘史》）

延伸阅读

1206年,成吉思汗统一了蒙古高原上的各游牧部落,建立了庞大的草原帝国,即"大蒙古国"。他控制了东起兴安岭,西至阿尔泰山,南达阴山,北连贝加尔湖的广大地区。大漠南北的游牧民族,从此结束了长期分裂割据的局面,形成了游牧民族共同体——蒙古民族。蒙古民族从形成之日起便走上了世界历史的舞台。成吉思汗及其子孙改变了中国历史、世界历史的进程。

4. 爱奋进

想获丰收,别误农时;想学技能,别误学时。

(选自《蒙古族谚语》)

盼望温暖的太阳,向东南望;
向往美丽的生活,尽力奋斗。

(选自《蒙古族谚语》)

❈ 导读 ❈

　　近代思想家、文学家鲁迅先生说，少年"所多的是生力，遇见深林，可以辟成平地的；遇见旷野，可以栽种树木的；遇见沙漠，可以开掘井泉的"。少年之人如朝阳、如春前之草、如长江之初发源，是国家的希望、民族的未来。现在，青春是用来奋斗的；将来，青春是用来回忆的。时代正好，年华正好，少年正该让青春在枝头绽放绚丽之花。

延伸阅读

每年的农历五月，内蒙古各地都有敖包祭祀活动。"敖包"是蒙古语音译，意为"堆子"。蒙古族祭祀敖包大概与古代的祭圣山有关。祭圣山又与成吉思汗时代不无关系。据《蒙古秘史》记载，青年成吉思汗被蔑儿乞人追捕时藏在不罕山里，蔑儿乞人绕山三圈没有抓住成吉思汗。蔑儿乞人远去，成吉思汗下山后说："不罕山掩护了我，保住了我的性命，我将每天祭祀，每日祝祷，让我的子孙都知道这件事。"说完，即"挂其带于颈，悬其冠于腕，以手椎膺，对日九拜，酒奠而祷"。元代，忽必烈曾制典，皇帝与蒙古诸王每年必须致祭名山大川。由于有的地方没有山或离山较远，群众就"垒石像山，视之为神"。

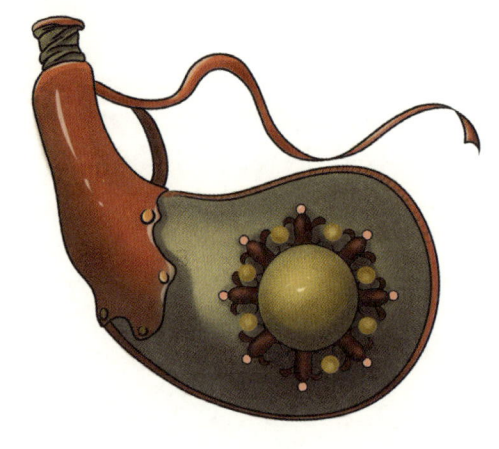

5. 守时

1206年，成吉思汗在斡难河畔称汗建国，分封群臣。他对大将忽难说："忽难你夜间做雄狼，白天当黑老鸦，该移营时不会停留，停留时不会移动。"

（选自《蒙古秘史》）

富强

导读

　　守时，代表了对约定的重视，对时间的珍视，以及对约定时间所要做的事情的重视，是职业道德的基本要求，也是对自己信誉负责的表现。要把自己的生活和学习按照时间表安排得井井有条，不要白白浪费自己和他人的时间。

　　一个总迟到的人，会把他人对自己的信任一点点消磨耗尽，因为他不仅消耗了别人的时间成本，耽误了事情的进程，还让别人意识到他的随心所欲，不讲原则，缺乏契约意识，随之把他列入"不可信任者"之列。

延伸阅读

蒙古族的先民们在最原始的采集和狩猎活动中,在动、植物的生长、成熟、枯萎的自然现象中得到很多启示。由于蒙古族世代逐水草而居,最熟悉、最关心的莫过于畜群赖以生存的天然草场。青草每年春天发芽、秋天枯死,这种周而复始的自然现象,深深地烙在游牧民族生活的观念中,久而久之,便形成了"年"

的时间观念。一般地讲，蒙古人把草青一次看作是一年。

他们还通过动物的毛色变化和生理习性变化来判断季节更替，进而推断出所处的时间。例如根据土拨鼠生活的周期性来测定时间的方法。这种计时方法把一年分为七个主要季节：①当土拨鼠从冬眠状态醒过来时，②当土拨鼠的毛色变白时，③当土拨鼠脱毛时，④当土拨鼠积蓄脂肪时，⑤当土拨鼠的皮毛长到一定长度时；⑥当土拨鼠搜集铺垫巢穴的干草时，⑦当土拨鼠进入地下冬眠时。

此外，古代蒙古族在长期的游牧生活实践中总结出一套特殊方法来表达更短的时间观念。常用来表示短暂时间的口语有"安装蒙古包的时间"（略多于1小时），"挤羊奶时间"（约10分钟），"烧开一锅茶的时间"（8—10分钟），"吸一袋烟的工夫"（3—5分钟），"备马鞍的工夫"（2—4分钟），"喝一顿茶的工夫"（30分钟）等。

第二单元
重礼仪

　　小朋友，再有能力的人，如果不懂礼仪，在社会上都是难以立足的，人际交往也不会顺利，因为他缺少对人基本的尊重。

　　懂礼仪的表现有在公共场所不大声说话，不随地扔垃圾，乘扶梯时站在右侧，不随意摘公园里的花，等等。懂礼貌不仅能体现个人修养，也是对他人友善的表现。

1. 守纪律

没有铁的纪律,战车就开得不远。

（选自《蒙古秘史》）

如果隶属于国君的许多后裔们的权贵、勇士和那颜们都不遵法令,国事就将动摇和停顿。

（选自《成吉思汗箴言》）

工作怕的是不能同心协力。

（选自《蒙古族谚语》）

❈ 导读 ❈

成吉思汗在答阑捏木儿格一地大战察阿安答答儿、阿勒赤塔塔儿等劲敌之前颁布了一条严格的战事军令：

"在讨伐敌人时不准贪图财利而延误战机。因为敌人被征服后，财物将归我们所有，我们随时都可以处置它。如在战斗中需要后退，兵士们则一定要回到出击时的位置。若有不回者一律处死！"

延伸阅读

　　1204年，成吉思汗创立了军政合一的千户制度，管理蒙古各部。所谓千户制度，是大汗承认千户那颜世袭权力，拥有分配牧场、征收赋税、统领军队等权力。千户制的特点是，将全部牧民用军事方式编制起来，使之隶属于各个千户那颜。千户制是打破旧有的部落组织而建立起来的，它既是军事单位，又是基层社会组织。通过千户制，全蒙古百姓都被纳入千户之内，并被固定在指定牧区内，不得任意移动，户口登记入册；凡年满15岁至70岁男子都要服兵役，并随时根据国家命令，自备马匹、粮草，由千户、百户长带领出征；所有男性成员，"上马则备战斗，下马则屯聚牧养"，既是牧民，又是战士。

2. 尊师长

与长者相处时，长者未发问，不应发言。

长者发问以后，才应做适当的回答。

知己之弊病，问他人而知之；辨治国之失误，向贤者而学之。

（选自《成吉思汗箴言》）

烛光来自油膏，学识来自师长。

老人的经验教育人，太阳的光辉温暖人。

尊敬德高的人，敬爱年老的人。

（选自《蒙古族谚语》）

导读

　　古代，上至贵族、首领，下至黎民百姓都尊崇师长。成吉思汗亦然，所到之处，不分民族、宗教信仰，广收各种有知识技能的人才，给予重用，如丘处机(汉人，道教徒)、耶律楚材(契丹人、佛教徒)等均为博学多识之士，被奉为上宾、重臣，对成吉思汗及其后人制定政策、建立规章制度有杰出贡献。

延伸阅读

尊师之俗在蒙古蔚然成风。蒙古语尊称老师为"榜什",学生为"舍毕"。旧时,学生从师,持羊酒,行叩首礼拜师,待学成后,按蒙古尚白习俗,以白马、白衣酬谢榜什。通文书者,可跟随首领左右,比一般人高一等。习惯法规定,有侮慢榜什者,罚马1匹并向榜什谢罪。至今蒙古族仍将有学识的人尊称为"巴克西"(即榜什),倍受社会尊崇。

3. 讲礼貌

轻蔑大海的刺鱼
便容易划破自己的手指。
小视自己的亲朋
便容易得罪自己的夫人,
爱护邻人如同爱护自己,人人须互敬互爱,包括尊重老人和穷人。

(选自《成吉思汗箴言》)

❁ 导读 ❁

　　热情好客、待人诚恳是蒙古族的传统美德。在草原上,当远方的客人走近蒙古包,主人便出来迎接,见了客人边握手、边问好:"塔赛奴!"(您好)。客人进入蒙古包后,主人便向客人双手敬献喷香的奶茶,同时摆上黄油、奶皮子、奶豆腐、奶酪、炒米等。待客的美食有手把肉、美酒、面条或蒙古包子等。客人告别时,主人全家出蒙古包欢送,祝客人一路平安,并欢迎再次光临。

延伸阅读

成吉思汗曾说过:"在我们的家族里,如果有人违背礼法一次者,以语言规诫之;违背礼法二次者,按训言处罚之;第三次则流放到遥远的巴勒真·忽勒主儿之地。当他去到那里归来后,能悔悟固佳;如其不能改过,当系镣铐,投之狱中。出狱以后,他能省得为人之道,从此成为有理智之人,自然更佳;否则,当使人召其远近宗亲进行审议和判断处理他之事。"

4. 慎择友

近高明者愈高明,近愚蠢者愈愚蠢。

(选自《蒙古族谚语》)

友善

导读

　　古人说："近朱者赤，近墨者黑"。一个人的志趣、品德、事业都会受到朋友的影响，有的是好的影响，有的是坏的影响。人的一生如果交上好的朋友，不仅可以得到情感的慰藉，而且朋友之间可以互相砥砺，共赴患难。从这个意义上可以说，选择朋友就是选择命运。交友要有选择。俗话说，物以类聚，人以群分。你自己的修养无可挑剔，那朋友也自然不会差到那里去。如果自己尚且一塌糊涂，那交到朋友也会拖累别人。所以，如果说，选择朋友就是选择命运，那么，改变自己就是改变命运的第一步。

🔲 延伸阅读 🔲

  军令是成吉思汗重要的建军原则，也是历次战争经验的总结。他曾下令：切莫违反昊天护佑定下的制度！若是听信恶人的谗言想废弃啊，我会用旨令和法律来灭绝铲除！务须铭记，不要成为你们的耻辱！如果严格按照礼仪去执行，他的声威就会遐迩闻名。跟着大人物的决策走，会成为千万群众的楷模首领。不论什么亲疏你都关怀，你的朋友就会多得很。对人多多体恤施怜悯，你也会声名远扬人人庆。对亲人和善性柔顺，你就会成为世上强有力的人。

  （选自《蒙古族文学史》《智慧的钥匙》）

第三单元

敬业

　　敬业是中华民族的传统美德，是一种基于挚爱基础上的对工作、对事业全身心忘我投入的精神境界，其本质是奉献的精神。如果一个人以一种尊敬、虔诚的心灵对待职业，甚至对职业有一种敬畏的态度，他就具有了敬业精神。有了这份对职业的使命感与热爱，工作就是快乐与幸福的源泉。一个敬业的人，往往会有更多的成就感，因为他的工作往往更出色，他的生活更充实。

1. 处世之道

平时行军的时候，要像牛犊随母紧跟而来；

奋起拼搏的时候，要像恶鹰扑食翱翔而来。

闲暇嬉戏的时候，要像马驹寻母撒欢而来；

敬业

冲锋陷阵的时候，要像怒兽搏斗跳扑而来。

彼此交游的时候，要像花牛犊般忠诚老实；

敌我交战的时候，要像虎狮般勇敢顽强。

吃喝玩乐的时候，要像懒牛犊般缓慢驽钝；

追击敌人的时候，要像海青鸟般迅猛突进。

你们在明亮的白天，要像雄狼一样深沉细心；

你们在黑暗的夜里，要像乌鸦一般坚韧不拔。

我的七尺身躯无足轻重，但我们的国家与子民要万世永存！

（选自《成吉思汗箴言》）

导读

成吉思汗常以草原上常见的动物作为比喻，教导将士们作战时要像恶鹰、怒兽、虎狮般勇敢顽强，平日在部落里要像牛犊般忠诚老实、与人为善。

延伸阅读

木华黎（1170年—1223年），大蒙古国成吉思汗手下名将、开国功臣，孔温窟洼第五子。他是成吉思汗麾下最杰出的将领之一，不仅作战勇猛，其谋略更是出众，素以沉毅多智、雄勇善战而著称。早年为成吉思汗的"梯己奴隶"。蒙古开国时，成吉思汗封木华黎为左翼万户长，他被成吉思汗誉为"犹车之有辕，身之有臂"。在追随成吉思汗四十多年间，木华黎可谓是无役不从，累立战功。成吉思汗手下名将众多，个个骁勇善战，立功无数，但像木华黎这样勇猛与谋略并存，深得成吉思汗信任，能够挑起重担，独当一面，并能代替他施行恩威的怕是只木华黎一人。

2. 时刻警醒

万夫长、千夫长和百夫长们，每一个人都应将自己的军队保持得秩序井然，随时做好作战的准备，一旦诏令和指令不分昼夜地下达时，就能在任何时候出征。

（选自《成吉思汗箴言》）

诵读·蒙古学经典

※ **导读** ※

　　百夫长、千夫长、万夫长，又称百户、千户、万户，古代蒙古族军职，可以子孙世袭。成吉思汗建立蒙古国时以右、左、中三万户统领所属军民，为中枢军政长官，元朝时转为军职。成吉思汗时代，蒙古族实行兵民合一的组织制度，设百户统辖百名战士，若干百户组成一千户，十千户则为一万户。

延伸阅读

"丈夫在外参加战争或狩猎时,妻子应料理好家务,并代理丈夫完成赋役义务。"

《成吉思汗法典》,即大扎撒,是世界上第一部具有宪法意义、包含宪政内容的成文法典,颁布于1206年,在当时的大蒙古国具有最高权威性,是蒙古帝国的根本大法。

3. 爱岗敬业

对亲爱的孩子,别珍惜你的乳汁;对大众的事业,别珍惜你的生命。

(选自《蒙古族谚语》)

身穿白茬皮袄虽然难看,
若是为国不惧力竭心殚,
我就叫他做个首席大官。
朝廷供职别看微服谨慎共恭谦,
若是日日勤勤于政事不怕麻烦,
我就叫他做个万户首领。

(选自《成吉思汗箴言》)

导读

敬业精神就是在职业活动领域，树立主人翁责任感、事业心，追求崇高的职业理想；培养认真踏实、恪尽职守、精益求精的工作态度；力求干一行爱一行专一行，努力成为本行业的行家里手；摆脱单纯追求个人和小集团利益的狭隘眼界，具有积极向上的劳动态度和艰苦奋斗精神；保持高昂的工作热情和务实苦干精神，把对社会的奉献和付出看作无上光荣；自觉抵制腐朽思想的侵蚀，以正确的人生观和价值观指导和调控职业行为。

延伸阅读

　　1206年，大蒙古国建国，成吉思汗任命失吉忽秃忽担任札尔忽赤之职，即最高断事官，掌管全国刑事诉讼，惩戒"盗贼诈伪"等刑事案件。另外，负责民户分封诸事，裁断百姓"家产分配"等民事纠纷。同时，成吉思汗还规定：凡是札尔忽赤判决了的刑事、民事案件都要记录在《青册》上，后人不得随意更改，由此确立了大蒙古国的司法制度——札尔忽赤制度。《青册》被认为是蒙古第一部成文法律文书，与《成吉思汗法典》（大扎撒）一起为大蒙古国依法治国奠定了基础。失吉忽秃忽获得了最高执法大权后，断案公正，从不欺软怕硬。他秉承实事求是的原则，公正地对待各类案件。他总是反复告诫犯人要讲实话，不要因为恐惧而胡乱招认。他断案的方式、原则，奠定了后来蒙古断事官判决案件的基础。由于失吉忽秃忽办事一丝不苟、廉洁公正、不为钱财所动、从不贪功邀赏，受到了成吉思汗的称赞。

4. 团队精神

狗生崽虽多，每次能生四五只，
但因其自相咬斗，
总不能结队成群；
羊下羔虽少，每次只生一二只，
但因其互相和睦，
所以能聚成千万只的大群。

（选自《蒙古族谚语》）

导读

团队精神是大局意识、协作精神和服务精神的集中体现，其基础是尊重个人的兴趣和成就，核心是协同合作，最高境界是全体成员的向心力、凝聚力，反映的是个体利益和整体利益的统一，并进而保证组织的高效率运转。团队精神的形成并不要求团队成员牺牲自我，相反，挥洒个性、表现特长保证了成员共同完成任务目标，而明确的协作意愿和协作方式则产生了真正的内心动力。

延伸阅读

蒙古牧羊犬是真正意义上的牧羊犬，它们拥有自己的主观意识，能够在主人离开的时候独自驱赶并保护羊群。在草原上，常常可以看到一头孤独的牧羊犬独自看护着上千只的羊群，而每当夜幕降临，它们三两伏卧于畜群的外围，尽职尽责地守卫着整个畜群。

慑于牧羊犬的凶猛，狼群尽量远远地避开牧人的营地。但在最严酷的隆冬季节，荒寒的草原上找不到果腹之物的狼群也会倾巢而出，结群攻击营地，抢掠羊只。于是，在冬日的夜晚，牧羊犬与狼群的厮杀时常发生。有时，牧羊犬和狼甚至翻滚撞击着蒙古包的毡壁嘭然作响。天亮后，雪地上遍布牧羊犬与狼厮杀时留下的印记，但畜群无一损失。有时雪地上也会留下七零八碎的狼的尸体残块。当然，偶尔倒下的也会是牧羊犬。

5. 坚持原则

不要破坏了自己的誓约,不要毁坏了自己的决定。

(选自《蒙古秘史》)

导读

在生活中，一个人在关键时刻能否坚持原则往往是判断其道德标准的重要依据。

在学习和工作中，只有那些愿意坚持原则的人才能赢得他人的信任和支持。

敬业

延伸阅读

每个人不论贫富与贵贱，都平等劳动。尊重任何一种宗教信仰，任何一种宗教都不得享有特权。每个人都有信仰宗教的自由。狩猎结束后，要对伤残的、幼小的和雌性的猎物进行放生。如战争需要，每个人无论老少贵贱，都有作战御敌的义务。出战前，要检阅军备，如准备不足，严厉惩罚百户长、十户长。交战时，专心作战，禁止掳取财物。破敌后，见弃物不能取，等战斗结束统一分配。在战争中，若军马退至原排阵处，军士应返身力战，不返身力战者，处以死刑。战场上拾到战友衣物和兵械而不拒不归还者，处死刑。

（摘自《成吉思汗法典及原论》，有删改）

第四单元

爱勤俭

　　勤俭是一种文明,应该被广泛传承,大到国家,小到家庭,不分贫富大小。如果勤俭文明之风盛行于世,将是国之本、家之幸、民之福。

1. 勤劳勇敢

勇敢,事会成功;勤劳,幸福必来。
勤奋的人得的果实累累,
懒惰的人落个两手空空。

(选自《蒙古族谚语》)

导读

　　劳动不仅可以磨炼人的意志，劳动的协作性还可以培养人的互助和团结精神。古代物质资源匮乏，勤劳的中华儿女积极探索，自强不息。自强不息是古代劳动人民战胜困难的智慧之源。

延伸阅读

依据季节变化，蒙古族牧民将草地资源划分为春夏秋冬四个草场，循环利用，这样羊群集中到其中一个草场吃的时候，另一个草场就能够得到充足的时间恢复，嫩草也会重新长出，不至于被全部吃干净。牧民一般会在3月底赶着羊群向海拔高处进发，其间从春草场补充食物；6月进入夏草场；9—11月之间赶着羊群向海拔偏低处迁徙，羊群在途中的秋草场补充营养，养肥膘，这样到了冬草场后也能利用有限的草地撑到天气转暖。

2. 吃苦耐劳

（不要）使油一般的心凝结，
（不要）使乳一般的心腐败。
（共同）枕着衣袖，（共同）铺着裙子。
以流涎解渴（不要紧），以牙肉充饥（不要紧）。

（选自《蒙古秘史》）

文明

诵读·蒙古学经典

❈ 导读 ❈

吃苦耐劳是一个人对生活的态度,它的反义词是好吃懒做。如果一个孩子从小就能吃苦且勤奋,那么以后在困难与挫折面前,他都不会退缩,会坚持到底,迎难而上。"天道酬勤",勤奋的人总会成功的。

延伸阅读

蒙古马是世界上最古老的马品种之一，有着极强的耐力。在艰苦的自然环境中，蒙古马以坚韧不拔的毅力穿沙漠、过草原。在行军时，如果需要赶路，一声令下，蒙古马可以日夜前行，不需长时间休息。蒙古马坚韧不拔、勇往直前的独特品质被人们广为称道。

"蒙古马精神"蕴含着吃苦耐劳的奉献精神、一往无前的进取精神、不达目的决不罢休的奋斗精神。

3. 苦尽甘来

锋利钢刀，若是发钝，不去磨砺，岂能砍劈；快马良驹，若是瘦弱，不去调养，怎能驰驱；猛狮力强，若是老疲，不能护其脖颈；良驹骏马，若是老朽，唯有听人使唤驾驭。

（选自《蒙古族文学史》）

导读

一颗西瓜，只有经过阳光的暴晒才能变得香甜；一个人，只有勇于接受磨砺，才能在人生路上稳健坦然。生活对所有人都是公平的。毒辣的阳光、暴风雪总会不期而至，意志不坚的人，往往会被烈日吓跑，被暴风雪击倒，而意志坚定的人总是能迈过荆棘、挺过困难，最终获得成功。

文明

延伸阅读

每年七八月，牲畜肥壮的季节，草原上会举行那达慕大会。这是人们为了庆祝丰收而举行的文体娱乐大会。"那达慕"蒙古语的意思

是娱乐或游戏。那达慕大会上有惊险动人的赛马、摔跤，有令人赞赏的射箭，有争强斗胜的棋艺，有引人入胜的歌舞。大会召开前，男女老少乘车骑马，穿着节日的盛装，不顾路途遥远，都来参加那达慕大会。大会第一项一般是摔跤比赛，摔跤手脚登高筒马靴，下身穿宽大的绸缎摔跤裤，上身穿"昭得格"（一种皮革制的坎肩），在脖颈上围有五彩缤纷的饰物"江戈"，仿古代骑士跨着大步，绕场一周。赛马也是大会上重要的活动之一。比赛开始，骑手们一字排开，个个扎着彩色腰带，头缠彩巾，洋溢着青春的活力。赛马的起点和终点插着各种鲜艳的彩旗，只等号角长鸣，骑手们便纷纷飞身上鞍，扬鞭策马，一时红巾飞舞，如箭矢齐发。先到达终点者，为草原上最受人赞誉的健儿。射箭比赛也吸引着众多牧民。技艺高超者可百发百中，赢得观众的阵阵喝彩。

4. 坚持节俭

堆成山的粮,是一颗一颗集的;
汇成万的钱,是一个一个储的。
每天节省一把米,日久天长起高楼。
节约有如燕衔泥,浪费有如河决堤。
丰年节约,歉年不饿。

(选自《蒙古族谚语》)

导读

节俭,是对劳动的最基本尊重。节俭,是一种生活态度。诸葛亮说,"静以修身,俭以养德"。节俭并不意味着贫穷,铺张浪费并不代表着富裕。只有坚持节俭,我们才能更好地塑造良好品格,幸福的生活才能持久。

延伸阅读

蒙古族在家庭道德教育方面始终提倡节俭、反对浪费。就拿吃手扒肉来讲，他们把带肉的骨头用刀子刮了又刮，吃得干干净净。同理，他们吃饭从不丢饭粒，并把碗里的饭菜吃得干干净净。他们在饭桌上常说的一句话就是"粮食这个东西，等我们把它吃到嘴里的时候，已经翻越了十道山梁"（说明来之不易），我们有什么理由浪费它呢？

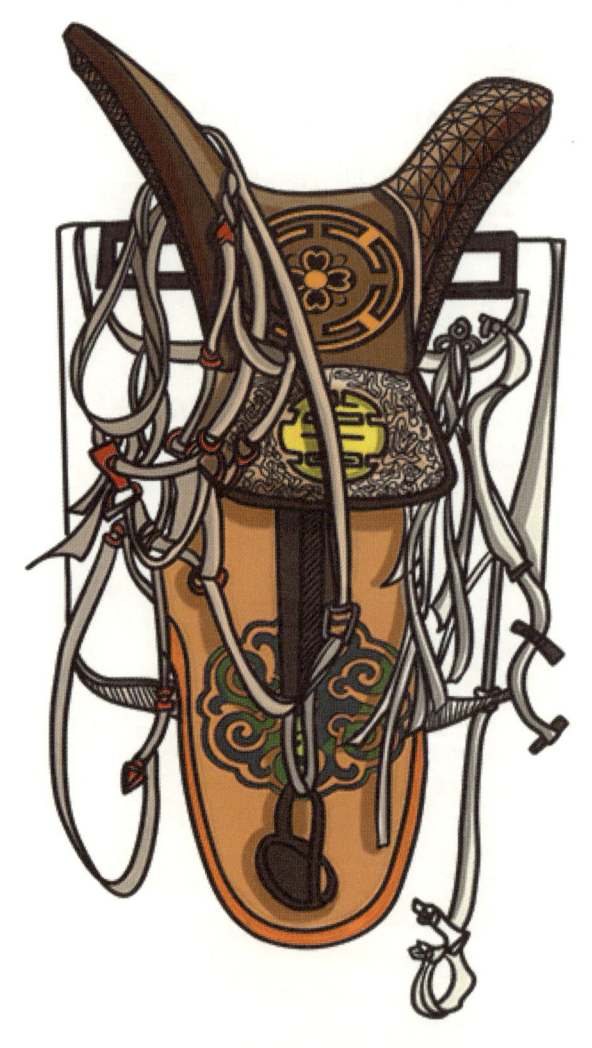

5. 艰苦奋斗

不要因路远而踌躇，
只要走，就必达到！
不要因担重而畏缩，
只要扛，就必举起！
不要以为志比高山就得意矜骄，

山岳虽高，
它的峰巅野兽仍可爬到。
诸子、诸弟！
我今献给你们
从高山猎来的黑熊。
今后你们
不把熊崽驯顺
让它们返回山中
那么
对你们是一个祸根！
像起身时的拐杖一般，
像滑倒时的蹄铁一样，
成为我两条腿的一条，
助我一臂之力！

（选自《成吉思汗箴言》）

导读

艰苦奋斗作为一种时代精神,既是一种崇尚节约、艰苦朴素,反对铺张浪费的生活作风,也是一种不畏艰难、与时俱进、锐意进取的思想品格。在安逸的环境下,人们往往会因为一切风平浪静而悠然自得、丧失斗志。一旦危机骤起,便无力抗争了。因此,越是经济发展,越是生活富裕,越是各方面条件得到改善,越不能丢掉艰苦奋斗的作风,而应该随着文明程度的提高,使之成为自觉。

延伸阅读

成吉思汗说:"我黄金的身躯若得安息啊,恐怕我伟大社稷就会松懈。我伟大的身躯若得休息啊,恐怕我的全国就会发生忧虑。我黄金身躯劳碌,便叫它劳碌吧,免得我伟大的社稷松懈。我伟大的身躯辛苦,便叫它辛苦吧,免得我的全国发生忧虑!"

(选自《成吉思汗箴言》)

第五单元

错则改

　　人非圣贤，孰能无过。世界上没有十全十美的人，每个人都会犯错，正所谓金无足赤，人无完人。但知错能改，善莫大焉。构建社会主义和谐社会，需要我们正确处理各种矛盾，妥善协调各种关系，具有宽阔的胸怀，做到知错就改。

诵读·蒙古学经典

1. 思过

谦逊者常思自己的过失，
骄傲者常说别人的短处。

（选自《蒙古族谚语》）

能清理自身内部者，
也能清理国土上的盗贼。

（选自《成吉思汗箴言》）

❈ 导读 ❈

　　大哲学家苏格拉底说过：没有经过反省的生命，是不值得活下去的。一个人需要不断地从思想上检讨自己，从行为上纠正自己，才可以在正常轨道上前进。

延伸阅读

平川之地,告诉我们水源在哪里;
崎岖之地,告诉我们道路在哪里。

蝼蚁虽小,能把所有地方穿穴为巢。乐而必须自省,要时刻想到困难时的处境。

(选自《智慧的钥匙》)

破坏宴会的是风雨;破坏围猎的是悬崖;破坏网罟的是狐狸;破坏好梦的是恶行。

最好的衣服莫过铠甲,但是赴宴何以穿得出去。

最好的字句莫过数字,但不能把它说完数到底。

(选自《蒙古族文学史》)

2. 虚心

走直路的人，前途能广阔；
听贤达的话，道路不狭窄。

（选自《蒙古族谚语》）

诵读·蒙古学经典

不要以为志比高山就得意矜骄，
山岳虽高，
它的峰巅野兽仍可爬到。
那些直言劝谏的人们呵，
应比任何事体都受敬重。

（选自《蒙古黄金史》）

❀ 导读 ❀

　　谦虚的人跟别人交流的时候，对方就好像沉浸在温和的风中，因为自然的态度和委婉的语气使对方感到舒坦，于是交际双方的心理差距立刻被缩短了。

　　谦虚的行为有助于我们与他人的交流活动，可以帮我们给他人留下好的印象，从而起到促进沟通的作用。

延伸阅读

法国著名思想家孟德斯鸠说过:"我见过一些人,德行美好,而态度自然,使人们感觉到他们身怀美德,因为他们恪尽天职,毫不勉强,一切表现,如出本能。他们决不至于长篇大论,指出自己稀世的优点,因为他们自己仿佛根本不知道有这回事。"

3. 知错

忠贤者的劝告要听取,
离间者的美言要三思。
自知者可知他人,
聪颖者学而才知。

(选自《成吉思汗箴言》)

导读

每个人都有犯错的时候，我们并不能够杜绝犯错，但是我们能够做的就是在有了错误之后及时去改正自己的错误。亡羊补牢，为时未晚。我们要认识到自己的错误，总结经验教训，避免以后再犯类似的错误，这样才能不断成长。

延伸阅读

在一场战斗中,成吉思汗被敌人一箭射中脖子。回到营中,他精疲力尽,昏倒在床,一直跟随在他身边的者勒蔑照顾着他。者勒蔑担心他伤势加重,于是学着医生的样子,伏下身去,用嘴将他伤口里的淤血一口口地吸吮出来。因为不敢远离成吉思汗,者勒蔑就把淤血吐在了脚下。成吉思汗得到了及时的救治。午夜时分,他慢慢苏醒过来,发现脚边全是血染的污泥。听了者勒蔑的解释,他非常感动。

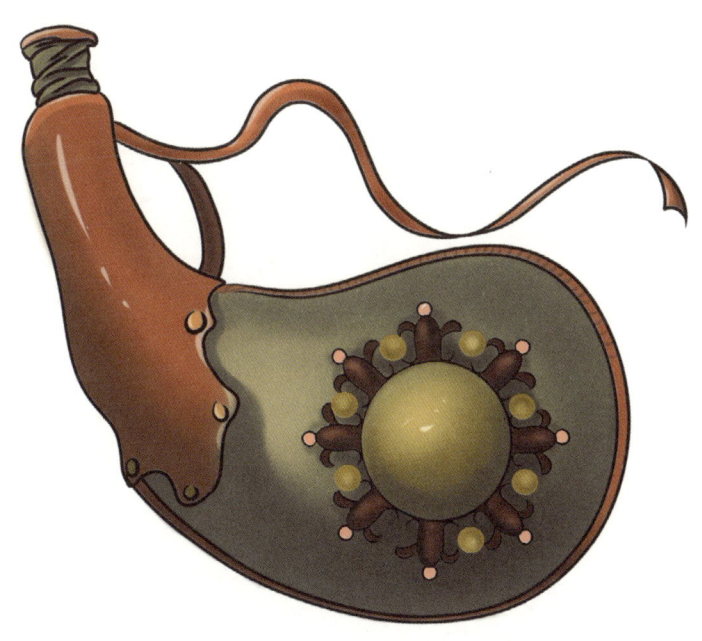

4. 自省

人难以察觉自己身上的缺点，
骆驼不易知自己身上的犟劲。
口服千句不算服，
不如心里一应声音。

（选自《蒙古族谚语》）

❋ 导读 ❋

在古希腊德尔菲神庙的门楣上镌刻着一句哲言——认识你自己。哲学家苏格拉底非常喜欢这句话，并常用这句话教育他的学生。我国古语也有云：人贵有自知之明。如何实现自知？关键就要自省。只有时时自省，反思自己的错误，审视自己的言行，检视自身的缺点，才能真正清醒地认识自己，从而扫除心灵的灰尘，校正人生的坐标。

📖 延伸阅读

古代的蒙古族对天地十分崇拜，视天地为父母，以为天是伟大而神圣不可侵犯的，它支配着世间的一切，大地哺育万物，是万物生长之源。因此，在一些重大活动乃至日常生活中，蒙古族对天地很崇敬，如熬好奶子，首先向天地泼洒敬祭；喝酒时，用无名指蘸酒，朝天地弹洒后，才能自饮；发誓时，向天地表明心意等。

5. 见贤思齐

知己之弊病，问他人而知之；辨治国之失误，向贤者而学之。

忠贤者的劝告要听取，离间者的美言要三思。

读书的糊涂人，必定要超过生来的聪明人。

（选自《成吉思汗箴言》）

诵读·蒙古学经典

❋ 导读 ❋

何谓"见贤思齐"？顾名思义，就是见到有德行的人，就应该向他虚心学习，努力与他看齐。见贤思齐，就是把德才兼备的人作为榜样，对照自己，找差距，立志向，向他看齐。一个人的成长发展，需要榜样引领，有了榜样，就有了人生奋斗的目标和成长成才的动力。

延伸阅读

苏鲁锭的蒙古语意思是"矛",又译为"苏勒德"。一般是黑白两色,分别叫作"哈喇苏鲁锭"和"查干苏鲁锭",就是"黑"和"白"的意思,黑色象征着战争与力量,白色象征着和平和权威。

苏鲁锭是一只大纛,它象征着长生天赐予成吉思汗的佑助事业成功的神物,常设在成吉思汗金帐的顶部,是成吉思汗统率的蒙古军队的战旗,蒙古民族的守护神和战无不胜的象征。

后记

何为价值观？自人猿相揖别，生活越来越复杂，矛盾冲突也越来越频繁，如何安排人与自然、人与人之间的关系，这就需要种种规则。在规则框架中，利益、立场不同的人取得共识，理解、认同、执行规则，这就是价值观。如果说人类社会的过去、现在、未来是一条奔流不息的长河，那么价值观就是随之蜿蜒的河岸，它立足于河流，又约束着河流。在中国这片土地上，河流至今，几经曲折后，星垂平野阔，浩浩去无际。中华民族复兴之鹄的，就在国富民强，就在重立于文明之巅；法治、公正、平等、自由，则是现代文明的核心基质，也是规矩之所在；友善、诚信、敬业、爱国，如果每一个身处其中的个体，乐在其中，欣悦践履，那么普世和谐、天下大同就不再是梦想，而是心驰神往的现实。你怎么看这个世界，这个世界就会是什么样的。人们怎么去审视自己的责任，如何去看待自己的家与国，如何瞻望这片土地的未来，将决定复兴之路能走到哪里、走多远。

观念非无源之水，它来自于生活，提纯经验，凝结智慧，附丽于经典，如薪火般相传于口耳。人类柔弱堪比芦苇，之所以有今天的璀璨文明，全因那是一株株会思想、有传承的芦苇。莽莽北方草原，千百年来，经历过干旱、风雪、蝗虫狼鼠之灾，也饱受战乱之害。那些横跨东西万里的草原行国，盛时如火如荼，衰时如青烟袅袅，俯视王朝兴替的蓝天白云依旧，背负过客匆匆脚步的草原依旧。草原上的人们跟着牛羊从夏天走到冬天，毡帐搭了又拆，旭日升皓月落，一季草荣一季草枯。流年改变了人们的容颜，改变了人们的生活，甚至改变了大地本身的模样，但总有一些存在无法改变。流传在蒙古包里的民间俗谚、歌谣、成吉思汗箴言与大札撒，长者们呕心沥血收藏教授的《蒙古秘史》《黄金史纲》《青史演义》……人类的智慧之光，在不同的地方会有不同的形状，但是，就像潭中月与海上月，都是天心月的投影，彼此有共通之处。草原文化里的言语教训与社会主义核心价值观有着体裁、语言等形式上的差异，然而在本质上却是一脉相承、声气相投。

经过岁月的涤荡淘洗，得以流传下来的蒙古族思想成果弥足珍贵。这些教人向善、促人奋进、引人入胜的言语，是阿布、额吉们祖祖辈辈间的老生常谈，也是我们持守的集体记忆。翻开书，抛开种种成见，以平常心读这些来自岁月深处的前人留言，听一听，他们向往的生活究竟是什么样的。之后，也许你对自己、对世界，会有一点不一样的想法。